北原白秋の百首

高野公彦

目次

北原白秋の百首

春の鳥な鳴きそ鳴きそあかあかと外(と)の面(も)の草
に日の入る夕

春の夕方、鳥のさえずりを聞きながら、草むらに沈む赤い夕陽を室内から眺めている作者。何の鳥か不明だが、春は鳥の繁殖期だからさかんに鳴く。それゆえ「さえずり」は春の季語となっている。

「な鳴きそ鳴きそ」は江戸期の端唄(はうた)から採ったフレーズで、「鳴くな鳴くな」の意。伴侶を求めてお前はさえずっているが、私だって人恋しくて、じっと夕陽を見ているんだよ、と鳥に呼びかけているような歌。ほのかに青春の憂愁や性的なアンニュイを帯びているが、調べが軽快で、歌は明るい雰囲気が漂う。

『桐の花』

ヒヤシンス薄紫に咲きにけりはじめて心顫ひ
そめし日

異性を思って、初めて心が顫(ふる)えた日、ヒヤシンスが薄紫いろに咲いていぃるのを私は見つめていた、という歌である。水を入れたガラス容器に薄紫のヒヤシンスが咲いている映像が美しい。また一首の中に隠れている「シ、ス、ス、サ、サ、ソ、シ」という七個のサ行音の響きが、歌に清新さを付与している。

白秋は、当時まだ珍しかったサフラン、アマリリス、カステラ、サラダ、リキュールなどのハイカラな西洋の花や食べ物、飲み物などをたくさん詠み込んでおり、歌集は近代的な華やぎを帯びている。

『桐の花』

かくまでも黒くかなしき色やあるわが思ふひ
との春のまなざし

これほどまでに黒く悲しげな色があるだろうか。私が思いを寄せている人の春の眼差しは――という単純な歌であるが、女性の眼差しの美しさを讃(たた)え、その人への恋情をにじませている。

この歌の初出は「かくまでも黒くかなしき色やあるわが歌女(うたひめ)の倦みつる瞳」であった。歌女とは宴席で客を楽しませる芸妓(げいぎ)だが、それを「わが思ふひと」と変えたことで、一首は女性を恋するみずみずしい歌に変貌した。大胆な、見事な推敲である。この推敲によって、青春のひたむきな恋の歌の名作が短歌史に残ったのである。

『桐の花』

あまりりす息もふかげに燃ゆるときふと唇（くちびる）は
さしあてしかな

アマリリスの赤い花を見て、「息もふかげに燃ゆる」と感じたのは、作者が女性を思いながら官能的な気持ちになっていたからであろう。その花が妖艶な唇に見えて、思わず自分の唇を差し当てた、と詠う。官能的でロマンチックな歌である。

この後に「くれなゐのにくき唇あまりりすつき放しつつ君をこそ思へ」という歌が続く。はっと我に返って、恋しい人のことを思ったのである。二首セットで、恋のドラマの一場面をえがき出しているような趣きがある。

アマリリスは、白秋の初期詩歌によく登場する花。

『桐の花』

廃れたる園に踏み入りたんぽぽの白きを踏め
ば春たけにける

人けの無い園に踏み入って、白く蓬けたたんぽぽを踏むと、絮が舞い上がり、春もいよいよ闌けてきたという思いがする。

けだるい雰囲気の漂う歌である。人生を捨てたかのように、ぼんやり立っている青年の姿が浮かび上がる。これは明治四十二年（二十四歳）、郷里柳河に帰った折の作で、生家には廃園があった。もと野菜や西洋の草花を育てていた菜園であるが、柳河の大火で生家が焼けたあと荒れたままになっていた。その廃園に踏み入り、茫々たる思いを詠んだのがこの歌である。

『桐の花』

きりはたりはたりちやうちやう血の色の棺衣（かけぎ）
織るとか悲しき機（はた）よ

棺衣は柩を覆う布。作者は機織りの現場を直接見ているわけではなく、機織りの音を聞きながら、「真赤な棺衣を織っているのだろうか、悲しい機織り機よ」と想像しているのである。

明治四十年六月「明星」掲載歌で、怪奇趣味に彩られた浪漫的な歌である。初二句のオノマトペは、謡曲「松虫」の「機織る音のきりはたりちやうきりはたりちやう」から採ったと言われる。これを作者流に少し改変したオノマトペが、歌に妖しい不気味さを与えている。歌集の中でもっとも若い時の作で、作者二十二歳。

『桐の花』

病める児はハモニカを吹き夜に入りぬもろこし畑(ばた)の黄なる月の出

病気の子供が一日じゅう家にこもって所在なく時を過ごし、ハモニカを吹いたりしながら夜を迎えた。窓の外を見ると明るい月が昇り、もろこし畑を照らしている。歌の中にハモニカの哀音が流れ、黄色い丸い月がかがやき、月下にもろこし畑の緑が広がり、もろこしの葉群のそよぎも聞こえてくる。けだるい雰囲気と、鮮やかなイメージが綯い交ぜ（なま）になって一首が成り立っている。
明治四十二年の作だから、ハモニカを持っている子はまだ少なかったであろう。白秋が自分の少年時代を回想した歌かもしれない。

『桐の花』

日の光金糸雀（カナリヤ）のごとく顫ふとき硝子に凭（よ）れば
人のこひしき

作者はいま、日差しの当たるガラス戸に凭りかかっている。日の光が、カナリヤの黄色い羽毛のように顫えながら室内に差し込んでくる。すると、遠くにいる一人の女性が恋しく思われてならない。

単に「人のこひしき」と言っているが、むろん異性を思っているのである。どんな人を恋しているのか、歌からは分からない。歌はただ恋しさを詠んでいるだけで、その恋しさの感情を、「日の光金糸雀のごとく顫ふとき」という華麗なイメージに託して表現しているのである。極端に言えば、恋を恋する歌、という趣きがある。

『桐の花』

日も暮れて櫨(はじ)の実採(とり)のかへるころ廓(くるわ)の裏をゆ
けばかなしき

櫨（はじ）は櫨（はぜ）に同じ。櫨の実は、蠟燭の蠟の原料として採集された。前書に「久留米旅情」とあり、この歌は城下町・久留米の日暮れのころの光景をえがいている。

籠いっぱいに櫨の実を背負った男が町なかに戻ってきて、遊郭に灯がともる。遊郭の裏手を行くと、女たちのさざめきや三味線の音色が洩れてきて、華やかな夜を予感させるが、櫨の実採りの男は遊郭に立ち寄ることもなく、どこかへ立ち去った。作者自身は遊郭にあがろうかと思いつつ、そぞろ歩きを楽しんでいる風情だ。

『桐の花』

手にとれば桐の反射の薄青き新聞紙こそ泣か
まほしけれ

「公園のひととき」という一連の中にあるから、作者は公園のベンチに坐って新聞を広げているのであろう。頭上に桐の木が青い大きな葉を茂らせている。そして、新聞の紙面に桐の葉の色が反映している。一首の構図も色彩も、明るい印象派の絵を思わせる。
「泣かまほし」（上の「こそ」を受けて已然形「泣かまほしけれ」となっている）は、泣きたいような気分だ、の意。緑豊かな季節が嬉しくて泣きたいぐらいだ、ということであろう。唐突な、いわば奇想の歌である。少しおどけて作った歌かもしれない。

『桐の花』

草わかば色鉛筆の赤き粉のちるがいとしく寝(ね)て削るなり

前歌と同じく「公園のひとゝき」という一連の中にある。色鉛筆を何本か持って公園に来て、小さな草はらで赤鉛筆を削っている。たぶん公園の草木や花をスケッチしに来たのだろう。赤鉛筆の赤い粉が鮮やかに若草の上に散るのが面白く、寝そべって削っている。
赤鉛筆を削る楽しさを、子供のような心で詠んだ歌である。「草わかば」に「赤き粉」が散る、というイメージが美しい。後年、白秋は童謡の作詞をして数々の名作を生むが、この歌を見るとその素養がすでに備わっていたことが分かる。

『桐の花』

新らしき野菜畑のほととぎす背広着て啼け雨の霽(は)れ間(ま)を

「雨のあとさき」という一連の中にある。結句に「雨の霽れ間」とあるから、初句の「新らしき」は雨に洗われたみずみずしい野菜畑、という意味であろう。雨がやんだあと、ほととぎすが野菜畑で啼いている。せっかくの霽れ間なのだから、元気よく、聞いている人々のために背広を着て正装したような気持ちで声を張り上げて啼いてくれ、と作者は心の中で願っている。

鳥に向かって「背広着て啼け」と言っているのが奇想ともいうべき発想であるが、歌にはそこはかとないユーモアが漂っている。

『桐の花』

クリスチナ・ロセチが頭巾かぶせまし秋のは
じめの母の横顔

このイギリス女流詩人の名前は、いま「クリスチナ・ロセッティ」と表記するのが普通である。敬虔なキリスト教徒で、清純な詩風で知られる。上田敏訳『海潮音』の中に「花の教(をしへ)」という詩が載せられている。

秋の初め、吹く風に涼感を覚えるころ、母の横顔を見ていると、あの英国の詩人クリスチナがかぶっていた頭巾をかぶらせたくなるが、あんがい似合うことだろう。そんなロマンチックな空想を詠んだ歌である。初秋の季節感や、母への親愛の情が感じられる。

『桐の花』

ひいやりと剃刀（かみそり）ひとつ落ちてあり鶏頭の花黄
なる庭さき

鶏頭が幾本か植えられて黄色い花を咲かせている庭先に、ふと剃刀が落ちているのが見えた、という。むろん錆びた剃刀でなく、冷たく光っている剃刀であろう。

剃刀は頭髪やヒゲを剃る道具だが、今の電気カミソリなどとぜんぜん違って、不用意に触ると危ない鋭利な刃物である。それが思わぬ所に落ちているのを見た時の慄然とした感覚が「ひいやりと」という言葉で表現されている。美しい花の近くに落ちている鋭利な刃物。あまり深読みしてはいけないが、この世にひそむ不気味なものの気配を暗示するような歌である。

『桐の花』

常磐津の連弾（つれびき）の撥いちやうに白く光りて夜の
ふけにけり

015

　歌舞伎座の舞台を見ての作。芝居に合わせて三味線方が常磐津節を弾いている。連弾はレンダンと読めば一台のピアノを二人で弾くことだが、このツレビキは三味線を数人で一斉に弾くことを言う。十人ぐらい並んで弾くこともあり、指揮者は誰もいないのに撥は一糸乱れず見事に揃っている。「いちやうに白く光りて」は、それらの撥の整然とした動きを見事にとらえた表現。
　白秋はハイカラ好みである一方、こうした江戸文化にも親しんでいた。いわば「洋魂洋才、和魂和才の人」であったと言ってもいいだろう。

『桐の花』

百舌啼けば紺の腹掛新らしきわかき大工も涙
ながしぬ

016

百舌（もず）は、秋が深まるころ梢にとまって高い声で啼く。その声を聞くと、新しい紺の腹掛をした凛々しい大工の青年も涙を流す、という歌。

　百舌が啼くと大工が涙を流すとは、まさに奇想の歌である。もしかすると作者は、百舌の鋭い声が四方に響きわたった時、その声に涙をこぼすような多感な青年を思い浮かべ、その青年に新しい紺色の腹掛をさせ、凛々しい大工に仕立てたのだろうか。作者白秋の脳の中の迷路を覗くような歌だが、百舌の鋭声（とごえ）と紺の腹掛、という取り合わせに感覚的な新鮮さがある。

『桐の花』

34—35

いつのまに黄なる火となりちりにけむ青さいかちの小さき葉のゆめ

さいかち（「皂莢」と書く）はマメ科の落葉高木で、茎や枝にとげがあり、葉は小さくて複葉。歌は「いつの間に黄色の火となって散ってしまったのだろうか。青いさいかちの小さな葉の夢は」の意。

夏のあいだ青い小さな葉が茂っていたが、秋が深まり、それらの葉もすべて黄葉（こうよう）して散ってしまった、と言い、葉の見ていた夢の行方を思っている。可憐で美しいロマンチックな歌である。なお、これとは別に「さいかちの青さいかちの実となりて鳴りてさやげば雪ふりきたる」という、より写実的な歌もある。

『桐の花』

ふくらなる羽毛襟巻（ボア）のにほひを新らしむ十一
月の朝のあひびき

ふっくらしたボアの匂いにまた新たなる思いが湧いてくるよ、寒い十一月の朝の逢引きは、の意。

ボアは婦人用の襟巻である。むろん逢引きの相手の女性が首に巻いているのであるが、その匂いを新しいと思う、と言っているので、一瞬作者が首に巻いているような錯覚を覚える。もしかすると、相手の女性に「それ、ちょっと貸してごらん」と言って、ボアを借りて首に巻いたのかもしれない。そんな官能的な雰囲気を漂わせる歌である。相手が誰なのか不明であるが、ボアを詠み込んだ都会的なしゃれた恋の歌である。

『桐の花』

君かへす朝の舗石さくさくと雪よ林檎の香の
ごとくふれ

一晩いっしょに過ごした女性が、朝あけて道路の敷石をさくさくと踏みながら帰ってゆく。空から雪が舞い降りる。雪よ、林檎のよき香りのように彼女を降り包んでおくれ、と心の中で呟く。官能の匂いをほのかに漂わせながら清新さのある恋の歌であり、『桐の花』を代表する作品といえよう。

この直ぐ前に「薄青き路上の雪よあまつさへ日てりかがやき人妻のゆく」の歌があり、その関連で読むと、いっそう複雑な味わいが生まれるが、しかし単純にこの作品だけ切り離して読むほうが清澄度は高い。

『桐の花』

歎けとていまはた目白僧園の夕(ゆふべ)の鐘も鳴りい
でにけむ

目白僧園はカトリックの教会で、現在のカテドラル大聖堂のこと。「歎きなさい、とでも言うかのように、今また目白僧園の夕暮れの鐘も鳴ったのであろう」の意。「歎けとて」と詠んでいるが、作者は鐘の音をどう受け止めていたのか。この歌が「春愁」と題した一連の冒頭歌であることを考慮に入れると、「若き青年はさまざまな悩みを抱きながら生きている。それが青年なのだ。だから悩んで悩んで悩み抜きなさい」という励ましの声として鐘の音を聴いたのではないかと思われる。愁い深き青春を、ゆったりとした調べで詠んだ歌である。

『桐の花』

どくだみの花のにほひを思ふとき青みて迫る
君がまなざし

どくだみの花は白くて清楚だが、近づいて匂いを嗅ぐと生臭い。その匂いを思い浮かべている時、君が私に迫ってきて、眼差しは青みを帯び、妖しく光っている、という歌である。前書に「女は白き眼をひきあけてひたぶるに寄り添ふ、淫らにも若く美しく」とあるが、この前書を必要としないほど、歌は官能的で妖艶である。
「迫る」とあるから年上の人妻などを連想するが、相手が誰なのか、歌の中に手がかりはない。恋人との性的な行為の中にひそむエロチックな面をとらえた歌、として鑑賞すればいいのであろう。

『桐の花』

鳩よ鳩よをかしからずや囚人(めしうど)の「三八七(さんはちしち)」が
涙ながせる

白秋は人妻松下俊子と恋愛関係にあったが、明治四十五年七月、俊子の夫から姦通罪で告訴され、市ヶ谷の未決監に拘置された。これは、裁判所へ行くため未決監の庭に引き出された時の作で、手には手錠を嵌められていた。鳩が五、六羽、庭にいた。

読む者からすれば、囚人番号「三八七」がずばり詠み込まれているのがショッキングであるが、歌は悲嘆にくれて泣いている自分を戯画化しており、一種の滑稽味も漂っている。白秋の心の深層にひそむ〈おどけ〉の一面が現われた歌といえるだろう。

『桐の花』

監獄（ひとや）いでてじつと顫へて噛む林檎林檎さくさ
く身に染（し）みわたる

前掲の歌「鳩よ鳩よ……」の延長線上にある歌。俊子との恋愛事件は弟鉄雄の尽力で示談となり、白秋は未決監から二週間後に釈放された。
　これは家でひとり林檎を食べている場面である。罪の意識におののきながら、じっと顫（ふる）えながら林檎を噛む。するとその林檎の酸っぱい甘味が身のすみずみに沁みわたる。上句には罪の意識や悲哀感があり、下句には解放感や安堵感がにじんでいる。そうした複雑な感情が融合し、一つの美しい結晶体となったのがこの作品である。内容と共に、哀しみを帯びた韻律が魅力。

『桐の花』

吾が心よ夕さりくれば蠟燭に火の点くごとし
ひもじかりけり

私の心は、日暮れになると蠟燭に火が点くように、ひもじく、いたたまれない気持ちになる、の意。心の中に空虚があって、日が暮れると、どうしようもない虚脱感に襲われる、ということだろう。

歌集巻末の歌で、俊子との恋愛事件が一応決着した直後の作である。未決監に拘置され、世間的に罪人となってしまい、示談となって釈放されたものの、白秋は社会的にバッシングを受け、ひどく落ち込んでいた。今まで感じたことのなかった心の空白、というよりもっとダメージの強い飢渇感を詠んだ歌である。

『桐の花』

煌々（くわうくわう）と光りて動く山ひとつ押し傾（かたぶ）けて来（く）る

力はも

煌々と光って動く山一つを押し傾けて来る力よ、と読むのが普通だが、でも光って動く山とは何のことか理解できない。そこで二句切れの歌として読んでみる。すると「煌々と光って動くことよ。山一つを押し傾けて来る力は」の意となる。作者が言いたいのは、「この世には、山を傾けるほどの大きな力が働いている。その力が煌々と光って動いているのを私は感じる」ということだろう。
　恋愛事件のあと俊子と結婚し、神奈川県三崎町（現、三浦市）に移り住んで新しい生活を始めた。〈新生〉の思い、その高揚感から生まれた歌である。

『雲母集（きららしふ）』

大きなる手があらはれて昼深し上から卵をつ
かみけるかも

きわめて単純な内容で、イメージとしては「大きなる手」と「卵」しかない。時刻は昼過ぎのころ、場所は不明だが、鶏小屋の中に産み落とされた白い卵がある、という場面を想像する。不意に大きな人間の手が現われ、そこで時が止まる。しばらくしてその「手」が上から卵をつかんだ――そんな歌である。鶏小屋も人間も歌から消し去られているため、「手」だけが卵をつかむ、というシュールな映像が浮かび上がってくる。時間の流れも、日常的な時間よりスローに流れている。作者は原始的感覚で裸形のこの世を眺めている気配である。

『雲母集』

大鴉一羽渚に黙（もだ）ふかしうしろにうごく漣の列

大鴉が一羽渚に立っていて、じっと沈黙している。後ろには漣（さざなみ）がしきりに打ち寄せている。それ以上のことを言っていない単純な歌である。単純だが、風景の骨格だけをえがいたような力強さがこもっている。

これは「大鴉」七首の冒頭歌で、このあと「大鴉一羽地に下り昼深しそれを眺めてまた一羽来し」「寂光（じやくくわう）の浜に群れゐる大鴉それの真上（まうへ）にまた一羽来し」「一羽飛び二羽飛び三羽飛び四羽五羽飛び大鴉いちどに飛びにけるかも」「大空の下（もと）にしまし伏したり病鴉（やみがらす）生きて飛び立つ最後に一羽」と不気味な展開を見せる。

『雲母集』

不尽(ふじ)の山れいろうとしてひさかたの天(てん)の一方

におはしけるかも

三崎町は三浦半島の先端の町だから、西側の浜辺に立てば相模灘の向こうに富士の秀峰がよく見えただろう。これは、敬語を使って富士山の豊麗さを讃えた歌である。天があって地があって、地の一か所が美しく盛り上がり、天と拮抗しているかのように見える、それが富士山だ、というような気持ちで詠まれている。

眼前の景はもっと複雑なのだが、それをこのように単純化したのが歌人白秋の力である。〈玲瓏〉をあえて平仮名で表記したり、「ひさかたの」という枕詞を用いたりしたのはリズム重視の詠み方である。

『雲母集』

かき抱けば本望安堵の笑ひごゑ立てて目つぶるわが妻なれば

「崖の上の歓語」という一連の中にある。妻俊子との性愛の場面を詠んだ歌である。この前に「深潭(しんたん)の崖の上なる紅躑躅(あかつつじ)二人ばつかり照らしけるかも」という歌があって、野外での交わりであることが分かる。作者は、これが本望だと言わんばかりに忍び笑いを漏らして抱かれている妻を、いとしいという眼で見つめている。

このあと「帰命頂礼この時遥か海雀光りめぐると誰か知らめや」「帰命頂礼消えてまた照る海雀人は目をとぢ幽かにひらき」と仄かなエロチシズムを湛えた歌がつづく。帰命頂礼は、仏を礼拝する時に唱える言葉。

『雲母集』

寂しさに海を覗けばあはれあはれ章魚(たこ)逃げて
ゆく真昼の光

030

心寂しくて海の中を覗いてみると、何も無く、たまたまタコが驚いて向こうの方へ逃げてゆく。その朧な光のような動きが印象的だ、という歌。
　タコという軟体動物の動きの柔らかさをえがいた歌である。「庭前小景」という前書が付けられているから、家は海に近かったのだろう。ほかにナマコやヒトデを詠んだ「海底（うなぞこ）の海鼠（なまこ）のそばに海胆（ひとで）居りそこに日の照る昼ふかみかも」という歌などもある。もしかすると、遠い故郷柳河の海、有明海の岸辺を懐かしみながら、海の小動物たちを眺めていたのかもしれない。

『雲母集』

石崖に子ども七人腰かけて河豚を釣り居り夕焼小焼

石崖とは、石を積み上げた崖、つまり石垣のことであろう。七人の子供が仲良く腰かけて魚を釣っている。どうやら河豚を釣っているらしい。時が経過して日暮れとなり、空がしだいに赤い夕焼け空となってきた。

漁村ののんびりした海辺の光景をえがいているが、子供が七人いて「夕焼小焼」という言葉が出てくるので、あたかも子供らが童謡を歌っているような雰囲気がある。岸から釣れる河豚はせいぜい草河豚というやつで、食用にもならず、釣ったら直ぐ逃がす。昔の海辺の子供は、こんなふうに気楽に日々を過ごしていた。

『雲母集』

大きなる足が地面を踏みつけゆく力あふるる

人間の足が

人間が裸足で地べたを踏んで歩いてゆく。人間といえど、地面を踏み付ける時は力に満ちている、という歌である。後ろにある「地面(ぢべた)踏めば蕪(かぶら)みどりの葉をみだすいつくしきかもわが足の上」という歌から分かるように、「人間の足」とは作者自身の足である。

この『雲母集』には、鳥や魚や人間や豚や犬や、あるいはキャベツや薔薇や狐のかみそり等々、さまざまな種類の動植物が登場する。作者は、それぞれの生き物が各々たくましく原始的な生命力を持って潑溂と生きている様子をしばしば詠んでいる。

『雲母集』

三日の月ほそくきらめく黍畑（きびばたけ）黍は黍とし目の
醒めてゐつ

「三日の月」はミカノツキと読む。「きらめく」とあるから少し風が吹いているのだろう。すぐ後ろに「黍畑の黍の上なる三日の月月より細かき糠星のかず」という歌があり、細かい星も出ている夜である。ただし、夜といっても三日月が見えているのだから、宵の口、いや夕闇のころといったほうがいい。

　黍畑にたくさんの黍が並び、かすかにそよいでいるが、音はしない。暗くなっても黍は眠ることなく、目覚めている。黍という植物の生命感を、「黍は黍とし目の醒めてゐつ」という感覚的表現でえがき出した歌である。

『雲母集』

網の目に閻浮檀金（えんぶだごん）の仏ゐて光りかがやく秋の
夕ぐれ

この網は魚網のことである。場所は漁師町の浜辺、時は夕ぐれ。浜辺には網を干す横木があって、そこに網が干されている。海のかなたに今しも夕日が沈もうとしている。網に近づいて見ると、網の目に閻浮檀金の仏が光りかがやいている、という歌である。夕日を金色の仏に譬えているのだ。閻浮檀金とは、仏教でいう閻浮樹(えんぶじゅ)の森林を流れる河に産する砂金のこと。

このころ作者は梁塵秘抄を愛読し、この世はすみずみまで仏法の行きわたった浄土のような世界だ、という仮想に浸る時があった。一種の美しい自己催眠である。

『雲母集』

はるばると金柑の木にたどりつき巡礼草鞋(わらぢ)を
はきかへにけり

金柑の木が立っていて静かに時が流れ、巡礼がたどり着いて草鞋を履き替えた、と詠んでいるが、それで終わりではなく、また巡礼は霊場に向かって旅を続ける。仏に帰依して霊場をめぐる巡礼を美化して讃えた歌である。このあと「かうかうと金柑の木の照るところ巡礼の子はひとりなりけり」「照りかへる金柑の木のかげを出で巡礼すなはち鈴ふりにけり」という簡明で美しい歌が続く。すべて想像の中の光景である。そして一連の最後は現実の自分に戻り、「ここに来て梁塵秘抄を読むときは金色(こんじき)光(くわう)のさす心地する」と感慨の深さを詠む。

『雲母集』

見桃寺冬さりくればあかあかと日にけに寂し
夕焼けにつつ

大正二年十月から翌年一月まで、作者は同じ三崎町にある見桃寺（けんとうじ）に仮寓する。「冬さりくれば」は、冬に入ったので。「日にけに」は、日に日に。「夕焼けにつつ」は夕焼けつつ、と同じ。

冬の夕ぐれは空が赤々と夕焼けするけれども、そうでありながら日々に寂しさが増してくることよ、と寺での生活の寂寥感を詠んでいる。仏教的な法悦境に浸っていた心がしだいに醒めて、歌が閑寂な味わいを帯びてきたことが分かる。なお、ここに滞在している時あの「城ヶ島の雨」を作詞した。

『雲母集』

寂しさに秋成が書読（ふみ）みさして庭に出でたり白

菊の花

上田秋成の作品を読んでいたが、物寂しくなって庭に出てみると白菊の花が咲いていた、という歌。この場合、秋成の本でなくても何でもよさそうだが、たとえば西鶴、近松、源内などに置き換えてみると、うまく成り立たない。白菊としっくり結びつくのは、やはり秋成である。そういえば、雨月物語の中に「菊花の約（ちぎり）」という怪異譚があった。（ただしこの歌の「書」がそれであるという確証はない。）

これも見桃寺での作。寺独特の生活が、白秋を怪異譚の多い秋成の世界に向かわせたのかもしれない。

『雲母集』

見桃寺の鶏（とり）長鳴けりはろばろとそれにこたふ
るはいづこの鶏（とり）ぞ

夜明けがた見桃寺で飼っている鶏が長々と鳴く。するとそれに応えるかのようにどこかで鶏が鳴いた。いったいどの家で飼っている鶏なのか、ずいぶん遠くのほうで鳴いている。

明け方の静寂と、空間の広がりを、鶏の声を通して見事にえがき出している。しみじみとした味わいのある歌である。「雪夜」という一連の中の歌で、季節は冬、しかも雪のふる夜明けがた、ということが分かる。『雲母集』の末尾に近い歌だが、この辺になると白秋の歌風はしだいに沈潜し、閑寂な歌が多くなってくる。

『雲母集』

薄野（すすきの）に白くかぼそく立つ煙あはれなれども消
すよしもなし

大正初期の白秋の生活は目まぐるしく変転する。大正二年『桐の花』を刊行後、松下俊子と結婚し、三浦三崎に住み、翌三年には小笠原父島に渡り、帰京後俊子と離婚し、四年『雲母集』を刊行、五年には江口章子（あやこ）と結婚、千葉県東葛飾郡真間（まま）（現、市川市）に住む。真間というところは、国府台（こうのだい）の裾に広がる平地で、古くから手児奈伝説で知られる。この一首、広い薄原のところどころに人家があって、遠くで白くかぼそく立つ煙が見えるのが可憐で哀感があるが、消すこともかなわぬ、とその静かな興趣を詠んだ歌である。

『雀の卵』

この山はたださうさうと音すなり松には松の
風椎には椎の風

真間に住んでいた時の作。真間の北側に国府台と呼ばれる広い台地がある。台地にはさまざまな樹木が茂り、一角に弘法寺（ぐほうじ）という立派な寺がある。「この山は」とあるので、本格的な山を想像する人もあろうが、実際は山ではなく平らな丘陵地帯である。

散歩しながら弘法寺近辺に来たのだろう。木々を渡る風音に耳を澄ますと、松の木を吹く風と、椎の木を吹く風は響きが異なる。白秋は、それぞれの澄んだ固有の風音を楽しんでいるのである。なお、後年の「落葉松」という詩の中に、この歌の下句と似たフレーズがある。

『雀の卵』

昼ながら幽かに光る蛍一つ孟宗の藪を出でて
消えたり

まもなく白秋は、真間から江戸川を渡ったあたりに位置する東京府下・小岩村三谷（現、江戸川区北小岩八丁目）に移り住む。「月の夜の堆肥（たいひ）の靄に飛ぶ蛍ほつほつと見えて近き瀬の音」という歌があるように、周囲は広々とした農村地帯である。

これは、白秋好みの昼の蛍を詠んだ歌である。孟宗竹が茂り立つ薄暗い藪の中を、蛍の幽かな光がゆっくりと曲線をえがきながら飛び回り、やがて明るい藪の外へ消えていった。極彩色の絵と程遠い、淡彩の絵を見るような、あえかな美が表現されている。

『雀の卵』

日の盛り細くするどき萱の秀（ほ）に蜻蛉とまらむ
として翅（はね）かがやかす

白秋が住んだ小岩村の家は、一軒家の貸家で、白秋はその家を「紫煙草舎」と名づけた。（後年、その家は市川市の里見公園に移築され、公開されている。）

このころ二番目の妻・章子と暮らしていたが、なぜか妻を詠んだ歌はきわめて少なく、稀にあっても淡白で章子の人間像は浮かんでこない。代わりに田園の動物や植物を詠んだ歌が多い。これもその一つ。萱（かや）の穂にとまろうとして宙でホバリングしている蜻蛉の、その輝きをとらえた繊細で美的な歌である。なお、「蜻蛉」はアキツと読みたいが、すぐ後ろの歌で「とんぼ」というルビが付けられている。

『雀の卵』

父の背に石鹸（シャボン）つけつつ母のこと吾が訊（き）いてゐ
る月夜こほろぎ

前書に「久々に相見し父と湯をかかりて」とある。久しぶりに会った父と一緒に風呂に入って、背中を流している場面である。石鹸をつけて背中を洗いながら、お母さんは近ごろどうなさってますか、などと訊ねる。外は明るい月夜で、しきりに蟋蟀が鳴いている。息子が親を思う優しい気分の満ちている歌である。

別のところに「老いらくの父に向へば厳(いつ)かしき昔の猛(たけ)さ今は坐(ま)さなくに」、「その子らの生活(くらし)立たねばあはれよと母は鏡をつひに売らしつ」などの歌がある。親は老い、息子たちは不如意の日々を送っていたのである。

『雀の卵』

華やかにさびしき秋や千町田（ちまちだ）の穂波が末をむ
ら雀立つ

小岩村の田園風景を詠んだものだろう。目の前に千町歩もありそうな稲田が広がり、稲の穂は黄金いろに稔っている。雀の群れが稲穂の中に紛れ込み、しばらく穂をついばんだあと、また群れて飛び立つ。そんな風景に「華やかさ」と「寂しさ」を感じている。秋の稲田の閑寂な味わいをうまくとらえた歌である。

白秋は雀が好きで、雀の歌をたくさん作り、歌集名にも取り込んでいる。稔った稲を雀が食い荒らすことなど、念頭になく、人間のすぐ近くに出没する可憐な小動物として見ていることが分かる。

『雀の卵』

月の夜に水をかぶれば頭より金銀瑠璃（きんごんるり）の玉も
こそちれ

「良夜」という大きな題のもとに「路次」二首、「陰影」二首、「現身」二首、「中秋」三首が並んでいる。
　これは「路次」の第二首で、路次（路地ではない）とは「道すがら」の意。一首目は「あかあかと十五夜の月隈なければ衣（ころも）ぬぎすて水かぶるなり」だから、誰かが井戸端で水をかぶっている光景だろう。明月の光の下で裸になり、頭から水を浴びると、水は金、銀、瑠璃色の玉となって飛び散る、という美しい歌である（「金銀（きんごん）」は仏教読み）。他人の動作をえがいた歌だが、私には作者自身が水を浴びているように見えて仕方がない。

『雀の卵』

おのづから水のながれの寒竹の下ゆくときは
声立つるなり

「竹と山水」という一連八首の第一首。寒竹(かんちく)は、広辞苑に「小さい葉を持つ暖地性のササの一種」とある。だが一連の第二首「せうせうと降りくるものか村時雨寒竹林に人鉦(かね)をうつ」という歌から判断すれば、ササといっても矮性のものではなく、あるていど背丈のある笹竹であろう。そうでなければ「竹林」という言葉は使わない。その竹林に囲まれて人が鉦を打っているのだから、場所は寺であろう。寺の山水、すなわち庭園に寒竹が立っていて、流れてきた水が竹のほとりで水声(すいせい)を響かせる、という物寂びた風景をえがき出した歌である。

『雀の卵』

いそがしく濡羽(ぬれば)つくろふ雀ゐて夕かげり早し
四五本の竹

前歌と同じ「竹と山水」という一連の中の一首で、「時雨の後」という小題が付されている。時雨は単なるにわか雨ではなく、初冬のころに降ったりやんだりする物寂しい雨のこと。時雨は芭蕉の好んだ季題であり、このころ白秋は芭蕉の句境を意識していた。
四、五本の竹があって、そこで雨に濡れた羽をせわしげに繕う雀らがいるが、周囲はいつのまにか夕暮れの薄闇が迫っている。全体に描写が細やかで、色合いはくすんでいるが、しかし暗くはなくて、余光の射しているような、枯淡な味わいのある歌といえよう。

『雀の卵』

女犯戒（にょぼんかい）犯し果てけりこまごまとこの暁（あけ）ちかく

雪つもる音

『雀の卵』は作品配列が逆年順なので、ややこしい。
この歌は、俊子と結婚したあと、うまく行かず離縁した折の作である。白秋は、生活の貧しさを嘆いたあと「我はこれ畢竟詩歌三昧の徒、清貧もとより足る。我は醒め、妻は未だ痴情の恋に狂ふ。我は心より畏れ、妻は心より淫る。我父母の為に泣き、妻はわが父母を譏る」(「輪廻三鈔」序)と俊子の行状を貶めている。これでは俊子が可哀そうだが、自分のほうにも非があったことを反省したのが右の歌である。相手も淫れていたかもしれないが、自分も淫れていたのだ、と。

『雀の卵』

鞠もちて遊ぶ子供を鞠もたぬ子供見惚るる山
ざくら花

大正四年、白秋は父母と一緒に麻布十番に暮らしていた。近くに善福寺という名刹があって、母と共に山桜の花を見にきた折の作。鞠をついて遊ぶ子供を、鞠の無い子供が羨ましそうに見ている場面である。そばに咲いている山桜が、鞠をついて遊ぶ子供と美しく映え合っているのが白秋の心をとらえたのである。

この前に「春はいかにうれしかるらむ子供らが桜の下に鞠投げあそぶ」の歌があり、鞠を投げて遊んでいるのかもしれない。だが鞠投げのあと、鞠をついて遊んでいる、と解釈してもいい。そのほうが歌として美しい。

『雀の卵』

雉子（きじ）ぐるま雉子は啼かねど日もすがら父母恋し雉子の尾ぐるま

「柳河の玩具」二首のうちの第二首。雉子ぐるまは木製の素朴な玩具で、赤と緑で彩色されている。腹部に車輪が付いていて、幼子が紐で引っ張って遊べるように作られている。

これは玄関とか机の上に飾ってあるのを詠んだのだろう。野にいる雉子は鳴くが、おもちゃの雉子は鳴かない。けれども日もすがら「お父さん恋しい、お母さん恋しい」と鳴いているような雰囲気がある、と親しみをこめて詠んでいる。最後の「尾ぐるま」は、頭だけでなく尻尾も付いているよ、という意味で添えた言葉か。

『雀の卵』

花樫（はながし）に月の大きくかがやけば眼ひらく木菟（づく）か
ほうほうと啼けり

051

花樫は、花の咲いた状態の樫のこと。木菟はミミズクの略。いろいろ種類のあるフクロウの中で、耳羽を持つ種族をミミズクという。
　夜行性の木菟が月の光に目覚めて啼く声が聞こえる。「木菟か」は、姿は見えないが木菟であろうか、という婉曲表現である。大きな月、花の咲いた樫の木、ミミズクの声、という取り合わせに童話的な雰囲気があり、「ほうほうと」というオノマトペが楽しく、かつ仄かな哀韻を帯びていて、味わいのある一首。「天神山拾遺」と題されているから、小田原の伝肇寺（でんじょうじ）での作だろう。

『風隠集（ふういんしふ）』

牝牛立つ孟宗やぶの日のひかりかすけき地震
はまだつづくらし

大正十二年九月一日、関東地方を大地震が襲った。白秋は小田原に住んでいたが、家は半壊し、近くの竹林に逃げ込んだ。「世を挙げて心傲ると歳久し天地の譴怒いただきにけり」という歌があって、地震は心おごる日本人を懲らしめるために神が下した天罰だ、と白秋は驚くべき発想をしている。

この歌は、「篁に牝牛草食む音きけばさだかに地震ははてにけらしも」に続く作。「牝牛立つ孟宗やぶの日のひかり」という静的な描写を通じて、いったん収まった揺れがまだ微かに続いている恐さを表現したのが独特。

『風隠集』

草深野月押し照れり咲く花の今宵の萏(ふふ)み満ち
にけらしも

「山荘の立秋」と題した一連の中にある。大正八年、白秋は小田原の伝肇寺の竹林に萱屋根・藁壁の家を建てて「木菟（みみずく）の家」と名づけ、大正十五年まで住んだ。この歌は近くの野原での作だろう。

　秋の野に咲く花といえば、萩、桔梗、葛、女郎花、撫子、藤袴、露草などがあろう。しかしそれらが勢揃いするわけではない。この歌では露草あたりがふさわしいような気がする。明朝咲くべく花の蕾が力を蓄え、月下に犇めく静謐な景。「草深野」という言葉が効いている。

『風隠集』

水うちて赤き火星を待つ夜さや父は大き椅子
に子は小さき椅子に

大正十三年の作。「火星近づく」と題された一連の中にある。この年、火星が地球に接近したのだろう。「夜さ」は「夜」に同じ。初出は、下句が「大き椅子に父小さき椅子に吾子(あこ)」であった。

庭に大小の椅子を並べ、宵の空に火星が現われるのを待っている。子(長男隆太郎)は当時二歳。「水うちて」とあるから残暑のころであろう。父親として幼い子と一緒に星を観察する楽しさが一首に満ちている。大正十年、佐藤菊子と結婚し、翌年子も得て、このころ白秋はやっと安定した生活にたどり着いていた。

『風隠集』

鴨跖草（つゆくさ）に冷やき雨ふるこのあした夕刊と朝刊
と濡れてとどきぬ

これより少し前に台風の歌があるから、この雨も台風の名残りの雨かもしれない。露草に冷たい秋雨が降り注ぐ朝、夕刊と朝刊が雨に濡れて一緒に配達されたという、ごく淡白な歌である。夕刊が遅れたのを不満に思っているふうではなく、朝刊と一緒に来たのを珍しがっている気配だ。日常の中に時おり生まれる小さなチグハグを楽しんでいる歌、といえばいいだろうか。

後ろに「鴨跖草の露と思へや数まさり綴れる見れば瑠璃の勾玉」という美しい歌もある。

『風隠集』

春まひる向つ山腹（やまはら）に猛る火の火中（ほなか）に生るるいろの清（さや）けさ

「明星ケ嶽の山焼」二十五首の中にある。山焼きは春先、草の生育を促すために山の枯草を焼くこと。明星ケ嶽は小田原市と箱根町の境にある山で、標高９２４メートル。一連は「のどけくもゆゆしき野火か山越しに黄色の煙ふた塊あがれり」の歌で始まり、火の広がってゆく様子を克明にえがいている。「山ひと山なだりとよもし鳴りのぼる大野火赤しひろごりにけり」に続いて掲出歌がある。火勢が最大になった瞬間、広がった炎の中に、静かに澄んだ赤い火の色を発見し、その赤の清浄感を詠んだ。小涌谷あたりから見た光景。

『風隠集』

あの光るのは千曲川ですと指さした山高帽の
野菜くさい手

大正十二年四月、白秋は妻子を伴って信州を旅行し、滞在半月に及んだ。七久里（ななくり）の湯（別所温泉）など各地でたくさんの歌を詠んでいる。これは、小県郡（ちいさがたぐん）の大屋村（現、上田市）に義弟山本鼎の経営する農民美術研究所の開所式に臨んだ時の作で、一連は全て口語で詠まれている。

開所式には地元の県知事も出席した。来場者たちはみな正装し、山高帽をかぶっている。だが「あの光っているのは千曲川です」と指さした手は野菜の匂いがする、と白秋は微笑ましい気分で相手を見ている。

『海阪』

不二ケ嶺はいただき白く積む雪の雪炎(せつえん)たてり
真澄む後空(あとぞら)

大正十三年一月、白秋は田中智学の招きに応じて静岡県三保の最勝閣を訪れた。その途中、沼津から江尻に向かう汽車の窓から富士山を眺め、この歌を詠んだ。

富士山の山頂は真っ白に雪を積んでいるが、強風で雪が巻き上げられ、まるで雪の炎のようだ。だがその向こうには真冬の青空が広がり、その青は深く澄んでいる、という歌である。富士を下から仰いで見て、その勇壮な美をえがき出している。「真澄む後空」という簡潔な詩句が、一首を力強く支えている。「雪炎」は白秋の造語かどうか、よく分からない。

『海阪』

夜に見れば不二の裾廻（すそみ）に曳く雲の白木綿雲（しらゆふぐも）は
海に及べり

清水港から舟で三保へ漕ぎ出した折の「浅宵舟行」と題した一連の中にある。冒頭に「月わかく糠星満てりかくばかり清しき夜空我は見なくに」と詠んでいる。

富士山のほうを眺めると、山頂あたりは仄白く見えているが、中腹あたりから雲に包まれ、裾野には白い雲が広がり、先端は海の上に及んでいる。夜の海上から見た富士山の様子をえがき、「白木綿雲」という言葉を用いて美しい歌に仕上げている。「白木綿雲」は、万葉集の「山高み白木綿花に落ち激つ滝の河内は見れど飽かぬかも」の歌などをヒントにした造語か。

『海阪』

碓氷嶺の南おもてとなりにけりくだりつつ思
ふ春のふかきを

「碓氷の春」と題した一連の冒頭歌。長野県軽井沢から群馬県安中へ通じる道の途中、碓氷峠がある。その峠を越え、道が下り坂になって日当たりが良くなったころに詠まれた歌である。日裏・日表という言葉があるが、「碓氷嶺の南おもてとなりにけり」は、日裏の信州から日表の上州に来た、という実感を詠っている。

坂道を下りながら草木の茂り具合を眺めると、春の深まりが感じられる。旅の途中で生命感に満ちた陽春の風景に出会った喜びが、一首のゆったりした調べの中に籠もっている。

『海阪』

黄金虫（こがねむし）飛ぶ音きけば深山木（みやまぎ）の若葉の真洞春ふ

かむらし

これも「碓氷の春」の中の一首。「……くだりつつ思ふ春のふかきを」という歌のあと、つつじを詠んだ「裏妙義つつじにほへり日の道やいただき近う寄り明るらし」、熊蜂を詠んだ「熊蜂の翅音かがやきおびただし春山ふかく営みにける」の歌が続き、そして黄金虫が登場する。春の深まりを感じさせる具体的な自然の景物を、白秋は敏感にキャッチして歌に詠んでいる。

山深く茂り立つ木々が一斉に若葉して、その若葉のドームの中を飛び回る黄金虫の翅音。自然界の豊かな生命の息吹をとらえた歌である。

『海阪』

空晴れて鐘の音美し苜蓿の受胎の真昼近づきにけり

大正十四年の作。樺太旅行の帰途、函館に立ち寄って、「トラピスト修道院の夏」一連六十四首を詠んだ。トラピスト修道院は、厳しい戒律生活で知られる宗派の施設である。

苜蓿という文字は本来ウマゴヤシのことを指すが、ここではツメグサと読ませているからシロツメクサ（クローバーの別称）を指す。晴天に鐘の音が響き、クローバーの花々が受粉する真昼が近づいた。受粉を受胎と呼ぶことでキリスト教的な神聖な雰囲気が生まれた。聖母マリアの処女懐胎を仄かに連想させる歌である。

『海阪』

巻きなだりいやつぎつぎに重(し)き層(かさ)む波の穂冥(くら)
し海豹(あざらし)の顔

大正十四年八月、樺太に旅した折の作で、「国境安別」という一連四十五首の冒頭歌である。安別は、当時日本の領土であった樺太の西海岸最北の地で、北緯五〇度あたり。白秋の到達した最北の地である。

間宮海峡（当時は韃靼海峡と呼んだ）を船で北上しながら、白秋は波荒き海原を見つめている。上句は、限りなく押し寄せてくる波浪の描写である。その暗い波間に時おりアザラシの顔が覗く。北方の荒涼とした海、間断なく押し寄せる波——心も凍るような風景だが、ちらちら顔を出すアザラシが歌に温感を添えている。

『海阪』

まなかひに落ち来る濤の後濤（あとなみ）の立ちきほひた
る峯のゆゆしさ

大正十四年八月、白秋は鉄道省主催の観光団に参加し、横浜港から高麗丸（こままる）という船で樺太へ向かった。船は、横浜から小樽を経て間宮海峡に入り、右手に樺太の陸地を見ながら、ソ連との国境線に近い安別沖まで来た。帰途は北海道で下船し、函館を訪ねた。

この歌は、横浜港を出て船が金華山（宮城県東部にある）の沖にさしかかった時の作。外洋の波浪の激しさ、また波浪の高さをダイナミックに表現している。「まなかひに落ち来る濤の後濤の」という描写がリアルで力強く、また調べも律動感がある。

『海阪』

移り来てまだ住みつかず白藤のこの垂り房も
みじかかりけり

大正十五年五月、白秋は小田原の山荘から東京・谷中の天王寺墓畔に引っ越した。家はもと天王寺の坊中の隠居所の一つであったらしい。庇が深くて室内は昼間も薄暗かった。また、近所の家には数珠工が住んでいたという。

厨近くの庭に白藤の木があって、花房が下がっている。引っ越して来て日が浅く、生活が落ち着かないし、藤の花房もまだ短い。新生活に馴れるには、もう少し時間がかかりそうだ。しかし白秋の心は穏やかで、時おり白藤の花を眺めて楽しんでいる気配がある。

『白南風（しらはえ）』

塔（あららぎ）や五重の端反（はぞり）うつくしき春昼（しゅんちゅう）にしてうかぶ
白雲

谷中の五重塔を詠んだ歌。森まゆみ著『明治東京畸人傳』（中公文庫）に「露伴が谷中にいた頃」という文章があり、五重塔の歴史が詳しく述べられている。（この本には、天王寺墓畔時代の白秋の話も載っている。）

それによれば、露伴が小説に書いた五重塔は、寛政三年（1791）の建築で、高さ約三十四メートル。総ひのき、素木（しらき）造りで、軒は深く、銅板葺きの反りは浅く、堂々たる相輪をもつ、とある。白秋は、塔と上空の白雲を対比させ、塔の端反りの美しさを詠んだ。昭和三十二年、塔は放火心中で焼失し、再建されていない。

『白南風』

髄(すね)立ててこほろぎあゆむ畳には砂糖のこなも
灯(ひ)に光り沁む

「秋の夜書斎にて」という題のもとにある。髄は、脛または臑に同じ。

書斎で仕事をしていると、どこかで蟋蟀が鳴いている。秋だね、と心で呟いて、仕事を続ける。ふと何かの気配がして、見ると蟋蟀が畳を這っている。鳴いているのとは別の蟋蟀である。畳には微かに光るものがあって、それはなぜか細かい砂糖の粉であった。

秋の夜の静謐感が、しっとりとした感触を伴って表現されている。「髄立てて」という描写が蟋蟀の存在感を際立たせている。

『白南風』

かぎろひの夕月映の下びにはすでに暮れたる
木の群が見ゆ

昭和二年三月、谷中から大森の馬込緑ケ丘に転居した。丘の上にある洋風の二階建ての家を仰いで、芥川龍之介が「これは白秋城だ」と言ったという。

「かぎろひの」は、本来「春」や「燃ゆ」にかかる枕詞であるが、ここでは「夕」にかかっているようだ。白秋流の使い方である。「夕月映」は、夕空に月が昇ってその月の周りがほのぼの明るい、という状態を言うのだろう。月から地上に目をやると、もうすでに木々の群れは濃い影を帯びている。空には淡く光る夕月、地上には暗い木々の群れ、という対比が美しい。小高い丘からの眺めであろう。

『白南風』

下(お)り尽す一夜(ひとよ)の霜やこの暁(あけ)をほろんちょちょ
ちょと澄む鳥のこゑ

「や」は間投助詞で、白秋はこの助詞をよく使った。例えば、前に挙げた「塔や五重の端反うつくしき春昼にしてうかぶ白雲」（『白南風』）などがそうである。

霜がおりて地表を覆った明け方、どこかで鳥が鳴いている。霜がおりたせいか、鳴き声が澄んで聞こえる。単純な、軽く詠んだ小品であるが、「ほろんちょちょちょ」という擬声語が歌に生彩を与えている。白秋はオノマトペの名手だった。詩集『水墨集』の「野茨に鳩」という詩には、「おお、ほろろん、ほろろん、ほろほろ……」という独創的なオノマトペが用いられている。

『白南風』

風の夜は暗くおぎろなし降るがごとき赤き棗
を幻覚すわれは

昭和三年四月、大森馬込から世田ケ谷若林に転居した。子供たちの成城への通学の便利を思ったから、と歌集の巻末記に言う。

「風の夜」と題した一連の中にある。「おぎろなし」は、きわめて広い、広大無辺という意味である。強い風が吹き荒れる夜、赤い棗の実を思い浮かべている。棗は風に揺すぶられ、次々と落果するような錯覚を覚える、という歌である。広大な闇の中に揺れる赤い棗の実のイメージが、風の夜の不安感を伝えつつ、美しい。

『白南風』

白南風（しらはえ）の光葉（てりは）の野薔薇過ぎにけりかはづのこ
ゑも田にしめりつつ

昭和六年、世田ケ谷の若林から郊外の田園地帯、砧村に転居した。白秋は引越し魔であった。

ノイバラの一種に「テリハノイバラ」というのがあり、「照葉野薔薇」と表記した。読み方は「テリハノ、ノバラ」。すると、白南風という語を受けて、葉がつやつやと光っている、という印象を与える。こうした効果を考えて、あえて変則的な表記をしたのだろう。一首から、柔らかい風、明るい陽射し、花の終わり頃の野茨の葉の艶、蛙のくぐもり声、それらが融合した明るい梅雨明けの景が浮かぶ。

『白南風』

このゆふべたとしへもなくしづかなり日は明
らかに月を照らしぬ

「たとしへもなく」は、たとえようもなく、の意。夕方、太陽が西の地平に没したころ、東から月が昇ってくる。まだ明るい太陽の余光が満月（であろう）の月面を照らし、人々のいる街は全体が静寂に包まれている。人間の喜怒哀楽と無関係に、天空では正確に日月（じつげつ）が運行している。そういう事実にたいする敬虔な気持ちから生まれた作品であろう。

ところで、この歌には「日、明、月」という文字が登場する。だからこれは「日+月=明」という文字遊びの歌、と読む人もいるだろうが、それは僻見である。

『白南風』

驟雨の後（あと）日の照り来（きた）る草野原におびただしく
笑ふ光を感ず

昭和三年七月、白秋は故郷柳河に帰った。明治四十二年『邪宗門』刊行以後、約二十年ぶりの帰郷である。
七月二十二日、大刀洗飛行場に行く。単葉の旅客輸送機ドルニエ・メルクールに試乗するためである。折から驟雨が降ったあとらしく、滑走路の草野原にはいっぱい雨滴が光っている。その様子を「おびただしく笑ふ光を感ず」と描写して、内面の喜びを表現している。このあと飛行機に搭乗し、柳河や大牟田の空を飛んで、「柳河、柳河、空ゆうち見れば走り出る子らが騒ぎの手にとるごとし」など多くの飛行吟を詠んでいる。

『夢殿(ゆめどの)』

我が飛翔（かけり）しきりにかなし女子（をみなご）の小峡の水浴（みあみ）夏は見にけり

074

試乗の翌日、再びドルニエ・メルクールに乗って大阪に向かい、機上からの嘱目詠をたくさん残している。

この歌は、「北の方（かた）雲にか黝（ぐろ）き山の秀（ほ）は英彦（えいげん）ならむ尖り出（づ）る見ゆ」と「国東（くにさき）は積乱雲のいや騰（あが）る夏空青し灘に映ろふ」のあいだにあるから、大分県西部の山地の上を飛んでいる時の作か。乙女が人目を気にせず裸になり、小川で水浴びをしている姿を望見し、素直に驚いている。上空百メートルあたりを飛ぶ低空飛行だから、こんな景が視野に入って来たのである。このあと厳島、屋島、淡路島などを俯瞰して夕方大阪に着く。

『夢殿』

外蒙古西吹きあげて東する沙漠の大き移動を
ぞ思ふ

昭和四年四月、白秋は南満洲鉄道の招きで四十余日、満洲各地を巡った。旅中詠二百余首を「満蒙風物唱」と題して歌集に収めている。その添え書きに「歴遊するところ、大連を起点として満鉄沿線及び東支鉄道は満洲里に至る」とある。満洲里(マンチョウリー)は、現在の中国・モンゴル・ロシア三国の国境近くにある都市。

「外蒙古」は現在のモンゴルにあたる。白秋は満洲里まで来たが、外蒙古には入っていない。これは旅の途上、外蒙古の大地を西風に吹き圧(お)されつつ東へ東へ移動する砂漠を想像した壮大なスケールの歌である。

『夢殿』

夢殿や美豆良結ふ子も行きめぐりをさなかり

けむ春は酣は

昭和四年春、奈良に遊んだ折の作。四十日にわたる荒涼たる満蒙の旅を終えて奈良に来たので、白秋の心は解放され寛いでいたらしい。

春たけなわの法隆寺を訪ね、夢殿のめぐりを散策しながら奈良時代のころを想像し、この夢殿のほとりを歩いている子供の姿を思った。あの美豆良という髪型の子供はさぞ可愛かったであろう、と白秋は心の中で笑みを浮かべている。美豆良は古代の男の髪型だったが、奈良時代には少年の髪型になったという。

『夢殿』

行く水の目にとどまらぬ青水沫(あをみなわ)鶺鴒の尾は触
れにたりけり

昭和十年一月、伊豆の湯ケ島温泉に滞在した折の作。湯ケ島町の真ん中を狩野川の清流が流れている。流れゆく川の水面に、青みを帯びた水の泡が現われては消える。岩を伝う鶺鴒の長い尾が、その泡に一瞬触れる。一つの動と、もう一つの動が幽かに触れ合う瞬間をとらえた歌である。動と動を詠みながら、作品の印象はむしろ静謐である。どこか象徴的な内容だが、何が何を象徴しているか分からない。自然の一情景をきわめて細密に描写し、その結果、自然の中にひそむ迷宮のような世界に私たちを誘い込む作品である。

『渓流唱』

山川（やまがは）に砂金さぐると挙（こぞ）り来て山窩（さんくわ）の群は飢ゑ
にたりけり

これも湯ケ島温泉の落合楼という旅館に泊まっていた時の作。山川とは狩野川のことだろう。狩野川は南の天城峠に源を発し、北流して湯ケ島町を経て修善寺温泉を通り、沼津で駿河湾に出る。

かつて狩野川の上流あたりに砂金が出る、という噂が広がり、山窩（山中に住み、家族単位で漂泊生活を送る人々）の群れが集まった。だが砂金はまったく採れず、彼らは疲弊し、ある者は飢え死にした。その哀れな運命を詠んだ一首。もしかすると白秋は、落合楼の誰かから話を聞いてこの歌を詠んだのではなかろうか。

『渓流唱』

青梅街道の裏山つたふ霜の暁(あけ)風は裸線を素引(すび)
きたりけり

昭和十年十二月の作。当時、奥多摩に小河内ダムが建設されることになり、ダムによって水没する近在の村人たちが建設に反対し、陳情団を結成した。

警官隊の阻止を避けるため陳情団は幾つかのグループに分かれ、その一つは青梅街道の険しい裏山を伝って青梅線御嶽(みたけ)駅を目指した。霜の降りた厳寒の朝、強い風が裸線(電線か)を素引いて悲鳴のような鋭い音を立てる。陳情団への同情から生まれた空想の歌である。これらの歌を含む「厳冬一夜吟」四十五首は、白秋には珍しい社会的関心を示した連作である。

『渓流唱』

牡丹花に車ひびかふ春ま昼風塵の中にわれも
思はむ

白秋は昭和十年六月、「明星」系の短歌の発展を企図して「多磨」を創刊した。これはその創刊号に載せた「春昼牡丹園」の冒頭歌。

場所は不明だが、「車ひびかふ」とあるから車の往き来する街道ぞいの牡丹園であろう。春の真昼どき、車の騒音の中で牡丹の花が美しく豪華に咲いている。あたりは風塵が舞って空気も汚れているが、牡丹が自分の花を咲かせるように私は私で詩歌のことを思って生きてゆこう、というような気持ちを詠んでいる。「多磨」創刊号に載せる作品、ということを意識した歌である。

『橡（つるばみ）』

池水に病(やま)ふ緋鯉の死ぬときは音立てて跳ねて
ただち息停(いきと)む

昭和十一年一月、砧村大蔵西山野から同じ砧村の喜多見成城に転居した。これは「或る真昼」と題した三首の中の第一首で、同年六月ごろの作。

池に飼っている鯉が病気になったようだと思っていたら、ある日の真昼、大きな音を立てて水面から跳ね上がり、水中に落ちた時は息絶えていた。不気味な歌である。内面の葛藤をにじませた作品かと思うが、もしかすると二・二六事件を反映した歌かもしれない。これに続く作「風は無し簾のうらべ匍ひのぼる白髪太夫もせつなからむか」も気味悪い歌である。白髪太夫（白髪太郎とも）は白い大きな毛虫。

『橡』

物の葉やあそぶ蜆蝶（しじみ）はすずしくてみなあはれ
なり風に逸（そ）れゆく

昭和十一年の作。「白秋歌話」によれば、砧村の家の翼家(はなれ)に坐っていると、前に池があって、池のそばに芒や桔梗や紫苑などの草花が群れていて、立秋のころ、うす碧色(あおいろ)の小さな蜆蝶が群れつつ飛んでいた。「それらが一つ一つの草の葉に止りさうになると、ほんのすこしのところで風に流され流されしてしまふ」云々とある。

克明な描写によって、一つ一つのものの存在を浮き立たせ、かつそれらを包み込む大きな気配のようなものを感じさせる。これは、白秋が目指した新しい幽玄の世界を体現した歌の一つかもしれない。

『橡』

虫の音の繁（しげ）かるかなとしろがねの箸そろへを
り苑の秋ぐさ

083

昭和十一年、中秋のころの作。「歌の道わたくしならず我が坐りつくづくと観居り紫苑桔梗（しをんきちかう）」という歌があり、草花の咲く庭が気に入っていたようだ。

　夕刻あるいは夜、庭で虫がしきりに鳴いている。夕食の準備も整い、庭の秋草を眺めつつ食事をしようと銀色の箸を卓上に揃えた。そんな歌であろう。「しろがねの箸」は金属製ではなく、たぶん象牙の箸ではないかと想像する。庭に近い部屋で食事をしているのか、あるいは庭にテーブルを置いて食事をしているのか、どちらだろう？　歌としては後者のほうが趣きがある。

『椽』

もみぢ葉を月の光にながめゐてはららきしか
らに我はおどろく

「月夜二題」として、「西よりぞ月冴えまさるこの夜ごろ銀杏のこずゑ葉はひとつなし」という歌の次にある。だから、この「もみぢ葉」はイチョウではない。では何の木か。少し前に「玉蘭（はくれん）は立枝（たちえ）のうれ葉黄葉（もみぢ）して西明るなりその夕しぐれ」の歌があるから、ハクレンか。しかしながら「黄葉葉（もみぢば）」でなく「もみぢ葉」と表記しているから、やはり何かの木の紅葉であろうか。夜、月光の中で紅葉した木を眺めていると、一枚の赤い葉がはらはらと落ちて来たので驚いた。大いなる静（せい）の中に起きた動（どう）が、風景に一層の美を添えたのに感動したのであろう。

『椽』

人は死に生きたる我は歩（あり）きゐて蛤をむく店を
見透かす

昭和十一年十一月、東京の三河島の陋居で貧しく病死した古参の弟子・島田旭彦を悼む「貧窮哀傷」四十七首の中にある。島田は、白秋と同年同郷の人だった。

遺体を荼毘に付したあと、ごみごみした裏町を歩いていると、たまたま「蛤をむく店」に遭遇した。魚屋であろうか。島田は酒に溺れ、妻と六人の子を残して死んだ。自分は生きて見知らぬ町をさまよい、この路地では魚介を扱って生活している人が、自分の生存のために生き物の命を奪っている。そういう生と死の両面の生臭さに頭(こうべ)を垂れる思いで詠んだ歌であろう。

『橡』

照る月の冷(ひえ)さだかなるあかり戸に眼は凝(こ)らし
つつ盲(し)ひてゆくなり

昭和十二年十一月、糖尿病・腎臓病による眼底出血のため駿河台の杏雲堂病院に入院、以後しだいに視力が低下していった。これは入院中の作である。
病室の窓に冷たい月あかりが差し込んでいる。その光に目をこらしつつ、これから徐々に視力が落ち、周りが見えにくくなってゆくであろう自分の人生を思うと、暗く寂しい気持ちになるのを抑えがたい。運命に向き合っている悲しみが、作品の美しい韻律を通して伝わってくる。なお、普通なら「眼を」という所を「眼は」と強く表現するのは、白秋の言葉遣いのクセである。

『黒檜（くろひ）』

ニコライ堂この夜（よ）揺りかへり鳴る鐘の大きあ
り小さきあり小さきあり大きあり

ニコライ堂は、駿河台に明治のころからある日本ハリストス正教会の建物で、杏雲堂病院の窓から見える位置にある。ただし、この歌では見ているのではなく、クリスマスイブの鐘の音を聴いているのである。

鐘の音が大きく小さく、また小さく大きく、繰返し夜空に響きわたる。白い眼帯を当てたまま、白秋はベッドに仰向けになって耳を澄ませ、聖なる鐘の音を天与の慰めとして聴いていたのだろう。下句は大幅な字余りだが、揺り返る鐘の動きや音を彷彿させて効果的である。ルビはないが、「小さき」は「ちさき」と読む。

『黒檜』

冬雑木(ざふき)こずゑほそきに照りいでて鏡の如く月

坐(ま)せりとふ

昭和十三年三月ごろの作。「春立ちて月の幾夜ぞ雑(ざふ)木々(きぎ)の風騒(さわ)ぐ枝に我が眼閃く」という歌の次にある。「冬雑木」とあるのは、立春のあと、まだ寒いころに詠まれたからだろう。末尾が「とふ」となっているのは、誰かが、〈きれいな月が出ていますよ〉などと告げたことを表わす。その言葉を聞いて、心の中で風景を想像し、創造する。夜の寒気の中に葉をすっかり落とした裸木が立ち、その細い梢に満月が輝いている。鏡の如く、という比喩は平凡に見えるが、この風景のモノトーンの美しさを表わす働きをしており、決して平凡ではない。

『黒檜』

観音の千手の中に筆(なか)もたすみ手一つありき涙
す我は

昭和十三年秋の作。「唐招提寺金堂追慕」と前書のある一首。金堂に千手観音立像が安置されている。大きな脇手と小さな脇手、合わせて九五三本の手があるらしい。大きな脇手は四二本あり、それぞれの手に宝珠や五鈷杵（ごこしょ）やミニチュアの宮殿などを持っている。

かつて訪れた折に拝した千手観音が、脇手の一つに筆を持っていたのを思い出した時、涙がこぼれた。白秋は文字通り〈筆一本〉の人生を歩んで来たから、千手観音が手に筆を持っているのは自分を励ましてくれているように見えて、胸が熱くなったのである。

『黒檜』

黒き檜（ひ）の沈静にして現（うつ）しけき、花をさまりて

後（のち）にこそ観め

「孟夏余情」という題のもとにある。「黒き檜」は黒檜(くろひ)のことで、クロベ、クロビともいう。

「孟夏」は初夏。難しい歌だが、歌集の序文に「黒檜の沈静なる、花塵をさまりて或は識るを得べきか」とあるのが参考になる。この序文の意味は、「黒檜という木の沈静なたたずまいの魅力は、桜などの花々が終わって自然の中に静寂が戻って来た時に初めて識ることができるのではないか」といったところであろう。その大体の内容を短歌定型で表現したのが右の歌である。「現しけき」は、〈存在感を示している様子〉ぐらいの意か。

『黒檜』

我が眼はや今はたとへば食甚（しょくじん）に秒はつかなる
月のごときか

昭和十四年夏の作。「食甚」は、日食または月食のとき、日または月が最も欠けた瞬間をいう。この歌では月食を思い浮かべるのがいい。私の眼は、今はたとえば食のため月面が刻々と欠けてゆき、食甚まであと数秒を残すのみとなった繊い月のようなものか、と嘆く。

欠けてゆく月に譬えて、視力の衰えを鋭くかつ美しく詠んでいる。悲痛な心情を、美の領域から逸れることなく、いな美の領域を拓きつつ表現したのが白秋らしい。なお、「我が眼はや」の「はや」は、係助詞「は」に間投助詞「や」が付いたもの。「早や」ではない。

『黒檜』

須賀川の牡丹の木(ぼく)のめでたきを炉にくべよち
ふ雪ふる夜半に

昭和十五年四月、砧村喜多見成城から杉並区阿佐ヶ谷に転居。ここが終の住家となった。
晩春のころ、みちのく須賀川の知り合いから牡丹の木を贈られた。その喜びを詠んだ作品である。冬の夜、茶の湯を沸かす焚木として用いるらしい。「ちふ」は、「とふ」に同じ。歌集の序文に「須賀川の牡丹は木の古いので知られてゐるが、このほどその園主のしるべから焚木としてそのひとくくりを送つて来た。冬夜牡丹の木を焚くといふことは、話には聞いてゐたが、それは何といふ高貴な雅びかと思はれる」とある。

『牡丹の木』

秋の日の白光（びやくくわう）にしも我が澄みて思（おも）ふかきは為
すなきごとし

昭和十五年の作。秋の日差しの届く部屋に、白秋が座っている場面を思い浮かべるといい。清涼な光の中で目を閉じ、心は澄んでいる。病のため視力を失いつつあることも忘れ、思い煩うことも何もない。そうすると、もう為すべきことが何もない不思議な気分になる。そのような、いわば無私無為の境地を詠んだ歌であろう。
　これより少し前の八月十一日から三日間、鎌倉円覚寺で「多磨」の全国大会が開かれ、白秋も臨席した。そのとき呼吸した禅寺の空気がこの歌に多少影響を及ぼしているかもしれない。

『牡丹の木』

金色堂み雪ふりつむ鞘堂の内(なか)幽かにか黄金(こがね)ひびらぐ

昭和十五年六月、「多磨」東北大会に出席し、帰りに平泉を訪れた。その時のことを冬に入って思い出し、この歌を詠んだ。下句は、今風にいえば「内幽(なか)かに黄金(こがね)ひびらぐか」の意。

鞘堂は、金色堂を風雨から守るため、外側に覆うように造った堂。「ひびらぐ」は土器などがしぜんに罅割れることだが、ここでは金色堂の内部に装飾された全ての金箔が微かな音を立てて剝落することを言う。平泉の闇、降りつむ雪、そして金箔のひびらぎ。この世のものとも思えないほど美しく静謐な景である。

『牡丹の木』

ほつねんと花に坐れる我が姿生（な）しのままなる

盲目（めしひ）とも見む

昭和十六年七月号「多磨」掲載歌。「花に坐れる」は桜の花を連想させるが、この歌の前に「春日すらひとり堪へつつわびすけの花赤しとふを白しとを見る」があって、侘助の花のようだ。白秋には、侘助の赤い花が白い花に見えるらしい。視力の低下が進んでいるのだ。

花は侘助でも他の花でもいい。花瓶に花が活けてあって、そばに白秋が坐っている図を思い浮かべてもいい。眼が悪くなると自ずから動作が緩慢になって、じっと坐っていると、生まれつき盲目なのだ、と人は見るかもしれない。悲しみと諦念の混じり合った歌である。

『牡丹の木』

雲は垂り行遥けかる道のするゑ渾沌として物ひびくなし

昭和十七年三月号「多磨」掲載歌で、慶応病院での作。病床に横たわり、外界を思い浮かべている。雲が低く垂れ込め、地上には一本の道が彼方に向かって伸び、その果ては渾沌として見えず、何の音もしない。これはむろん現実の景ではなく、白秋の心の中に顕現した景である。人もいず、草木もなく、山も川もない、空漠とした景である。しいて言えば、色即是空の「空」そのものを表わしたような広大な景である。生の哀歓も、死の恐怖もなく、白秋はこのとき現身（うつしみ）を脱ぎ去り、精神だけの存在となっていたのかもしれない。

『牡丹の木』

雪柳花ちりそめて吸呑（すひのみ）の蔽ひのガーゼ襞（ひだ）ふえにけり

昭和十七年三月、慶応病院から杏雲堂病院に転院した時の作。病室に活けた雪柳の花が散り始め、枕元の吸呑を覆っているガーゼも襞が増えたような気がする。襞が増えるとは、時間が経過したことを言う。病臥の日々は時間の経過が緩慢なものである。それを直接嘆かず、ガーゼの襞を通して表現している。思えば、視力乏しき白秋は、薄明の世界に生きていた。〈見ること〉が〈生きること〉であっただろう白秋にとって、ガーゼの襞を見ることは渾身の行為であったと思われる。だが歌は、力むことなく、柔らかく表現されている。

『牡丹の木』

颱風の中なる凪を飛ぶ蜻蛉（あきつ）朱（しゅ）のあざやかに列（つら）
しばしあり

昭和十七年七月ごろの作。「籠居吟」という題のもとにある。この前に「家にして我のこもるは釣鐘の内なるなごりま澄むごときか」というユニークな歌がある。

颱風接近のため荒れ模様の天候ながら、しばし風が止んで中ぞらを蜻蛉が列なって飛んでゆく。蜻蛉が飛んでいることを誰か（例えば夫人）から聞いて、想像を加えて詠んだ歌ではなかろうか。「朱のあざやかに列しばしあり」は、少年時代に見た映像のような気がする。この歌で白秋は、〈見たもの〉を詠んだのではなく、〈見たいもの〉を詠んだのである。

『牡丹の木』

青萱に朝の日さしてつややけき庭の一部を涼しみ瞻(まも)る

歌集の最後に「立秋」と題して歌二首が載っている。木俣修によれば、「九月末、病勢のようやく進んでいたころ、ノートに鉛筆書きしたものを探して『多磨』に載せたのである」(小沢書店、日本詩人選『北原白秋歌集』)。そのうちの一首がこれである。

青萱(あおがや)とは、青い茅(ちがや)のことであろうか。そうした青い草に朝日が差して、艶やかな感じのする庭の一部を、爽涼とした気分で眺めている。薄明の世界に住む人の、心の中に映った穏やかな風景である。自然を愛した歌人、という一面がこの歌に表われていよう。

『牡丹の木』

秋の蚊の耳もとちかくつぶやくにまたとりい
でて蟵を吊らしむ

白秋の作った最後の歌である。立秋を過ぎてもまだ暑い日があって、耳元に蚊の声がしたので家人に言って蚊帳を吊らせたのである。事実をそのまま述べたような歌であり、静かな寂寥感が漂っている。絢爛たる才能をほしいままにした歌人の最後の作としては物足りないようでもあるし、また逆に、寂滅の境に近づきつつある一個の人間の声としてこれ以上の作はないとも言える簡潔素朴な歌ともいえよう。

このあと一か月ほどのちの十一月二日、白秋は逝去した。五十七歳であった。多磨墓地に埋葬。

『牡丹の木』

解説　言葉でありながら音楽であること

高野公彦

北原白秋は、詩歌や散文のジャンルで多彩な才能を発揮した人である。ほぼ生涯にわたって作り続けた詩と短歌のほかに、詩論・歌論・随筆・紀行文なども書き、さらに小説や俳句なども試みている。詩は、ふつうの詩のほかに、童謡・小唄・民謡などの作詞もたくさんあり、白秋の表現活動はまことに多岐多彩であった。

白秋の多くの詩歌作品を読むと、これほど日本語の美しさ、楽しさや、また微妙な陰翳を知り尽くした人は他にあまりいないのではないか、と思わせられる。その表現活動の中心は詩と短歌であった。たとえて言うなら、詩を一つの焦点とし、短歌をもう一つの焦点とした大きな楕円——それが白秋だと言えそうだ。どちらの焦点が真髄であるかは、人によって評価が異なるだろうが、たぶん優劣を決めるのは難しいと思う。

白秋には十一冊の歌集があり、ほかに長歌だけを収めた長歌集が一冊ある。短歌の数は合計およそ八〇〇〇首である。長命とはいえない五十七歳の生涯を考えれば、また他の分野でも多数の作品を残していることを考えれば、この歌数は決して少なくないだろう。白秋は多力で多作の歌人だった。

歌人としての活動を、便宜的に〈青年期・壮年期・晩年〉の三期に分け、最初の歌集『桐の花』から最終歌集『牡丹の木』まで一つ一つの歌集についておもな特徴を述べてみよう。

【青年期】

誰（た）そ暗き心のうへを木履（きぐつ）曳き絶えず血に染（そ）み行き惑（まど）ふ子は

ふと聴きぬ右の隠袋（かくし）に白銀（しろがね）の鍵あり歎く『かの胸に行け』

わかき日のダンテその世のベアトリチェ白き衣（きぬ）してわれ君と行く

明治四十年（白秋二十二歳）、『桐の花』に先行してこのような初期作品が雑誌「文庫」や「明星」に載っている。濃厚な浪漫主義、あるいは怪奇趣味、空想趣味といったものに染まっている。だが白秋は、こうした「明星」調を徐々に脱してゆく。

春の鳥な鳴きそ鳴きそあかあかと外の面の草に日の入る夕
ヒヤシンス薄紫に咲きにけりはじめて心顫ひそめし日
かくまでも黒くかなしき色やあるわが思ふひとの春のまなざし

『桐の花』の巻頭にはこのような清新な歌が並んでいる。明治四十二年の作である。このころ歌人白秋がスタートしたと言っていい。もう少し歌を挙げてみよう。

あまりりす息もふかげに燃ゆるときふと唇はさしあてしかな
病める児はハモニカを吹き夜に入りぬもろこし畑の黄なる月の出
草わかば色鉛筆の赤き粉のちるがいとしく寝て削るなり
クリスチナ・ロセチが頭巾かぶせまし秋のはじめの母の横顔
常磐津の連弾の撥いちやうに白く光りて夜のふけにけり
君かへす朝の舗石さくさくと雪よ林檎の香のごとくふれ

やるせない恋の気分を漂わせる作もあり、少年のように純真な心を覗かせた作もある。また、西洋趣味をうかがわせる作があるかと思えば、日本の伝統に心を寄せている作もある。心のありようは多様だが、どの作品にも白秋の繊細な感受性と鋭敏な言語感覚が行きわたっている。さまざまな青春の情動が混じり合った渾沌の中から、一しずくずつ掬い上げられた珠のようなもの――『桐の花』の歌はそんな美しさを持っている。意味内容だけでなく、歌の韻律も繊細で美しい音楽性を帯びている。

しかし、大きな出来事が起きる。明治四十三年、松下家の夫人俊子と出会い、恋に落ちたが、二年後に俊子の夫から「姦通罪」として告訴され、拘置されたのである。

どん底の底の監獄にさしきたる天つ光に身は濡れにけり
吾が心よ夕さりくれば蠟燭に火の点くごとしひもじかりけり

事件が収まった後、白秋は俊子と結婚し、「新生」を願って神奈川県の三浦三崎に移住する。このころから歌風は大きく変化し、『雲母集』の世界が始まる。

煌々と光りて動く山ひとつ押し傾けて来る力はも
大きなる手があらはれて昼深し上から卵をつかみけるかも
不尽の山れいろうとしてひさかたの天の一方におはしけるかも

目に見えるものの奥に、目に見えない何かを感じ取ろうとする視線が生まれている。美意識を排し、大きな力（この世に満ちている生命、それを統括しているもの）への鑽仰あるいは憧憬をうたった、素朴な、線の太い歌が目立ってくる。歌集の後半になると、「新生」への心熱（しんねつ）はしだいに冷えて、白秋の関心は自然界の趣き、味わいといったものに向かい始める。こうして『雲母集』と共に白秋の青春は終わりを告げ、新たに険しい現実に戻ってゆく。

【壮年期】

一緒に暮らしても俊子との生活は結局うまく行かず、まもなく離婚する。波瀾に富んだ結婚生活であった。

女犯戒（にょぼんかい）犯し果てけりこまごまとこの暁（あけ）ちかく雪つもる音

白秋の心に残ったのは女犯という苦い思いだった。『雀の卵』は、小笠原・麻布・葛飾というふうに転々とした生活の中から詠み起こされている。ただし作品は逆年順に配列されていて、読みにくい面がある。

薄野（すすきの）に白くかぼそく立つ煙あはれなれども消すよしもなし

昼ながら幽かに光る蛍一つ孟宗の藪を出でて消えたり

おのづから水のながれの寒竹の下ゆくときは声立つるなり

みずから「貧窮」と呼ぶ生活の中で、閑寂な境地を求め、静かな眼差しで自然を見つめている。このころ白秋はまだ三十代だったが、芭蕉を敬慕し、「さび」を近代化した歌風を目指していたようだ。

このあと佐藤菊子と結婚し、ようやく落ち着いた生活が始まる。

花樫（はながし）に月の大きくかがやけば眼ひらく木菟（づく）かほうほうと啼けり

草深野月押し照れり咲く花の今宵の莟（ふふ）み満ちにけらしも

春まひる向つ山腹（やまはら）に猛る火の火中（ほなか）に生るるいろの清（さや）けさ

これら『風隠集』の歌は、それまでの意識的な閑寂境から脱し、やわらかい心で自然や生活の周辺に眼を向けている。菊子との結婚、子供を得たこと、等々が歌風に影響を与えているようだ。

あの光るのは千曲川ですと指さした山高帽の野菜くさい手

碓氷嶺（うすひね）の南おもてとなりにけりくだりつつ思ふ春のふかきを

まなかひに落ち来る濤の後濤の立ちきほひたる峯のゆゆしさ

『海阪』は、年代的には『風隠集』とほぼ同時期の作から成り、内容的には羇旅歌集である。招かれて出かけたこともあったようで、関東地方を始め、信州や北海道や樺太など全国各地を旅行し、精力的に旅の歌を詠んでいる。右のような秀歌もあり、中には定型の搾木を少し緩めた口語の作例もあるが、全体に歌数が多く、歌集として密度がやや薄くなっていることは否めない。

移り来てまだ住みつかず白藤のこの垂り房もみじかかりけり
髄立ててこほろぎあゆむ畳には砂糖のこなも灯に光り沁む
下り尽す一夜の霜やこの暁をほろんちょちょちょちょと澄む鳥のこゑ

これらの歌を収めた『白南風』の時期、計四回転居している。作品はその住所別に「天王寺墓畔」「緑ケ丘新唱」「世田ヶ谷風塵抄」「砧村雑唱」の四部に分けられている。作品はおおむね伸びやかで晴朗な気分に満ち、同時に細やかな味わいを湛えている。書名の白南風は、送梅つまり梅雨明けのころそよそよ吹く南風のこと。

驟雨の後日の照り来る草野原におびただしく笑ふ光を感ず
我が飛翔しきりにかなし女子の小峡の水浴夏は見にけり
外蒙古西吹きあげて東する沙漠の大き移動をぞ思ふ

これらの歌から分かるように、『夢殿』は主として羇旅歌を集めた歌集である。白秋は、当時としては珍しかった飛行機に乗り、多くの「飛行吟」を詠み、そのほか筑波・満洲・奈良・浜名湖・富士五湖・木曾などの旅行詠が収められている。

行く水の目にとどまらぬ青水沫鶺鴒の尾は触れにたりけり
山川に砂金さぐると挙り来て山窩の群は飢ゑにたりけり
青梅街道の裏山つたふ霜の暁風は裸線を素引きたりけり

『渓流唱』は、次の『橡』とほぼ同じ時期の作から成り、多く羇旅詠で占められている。伊豆・関東・関西・九州・朝鮮など、まことにさまざまな方面に出かけ、多数の歌を残した。（このあと、健康がすぐれず、旅に出ることが少なくなってゆく。）

表現は写実を基本としているが、単なる写実ではなく、多く匂いやかなものが作品の底に含まれているのが特徴である。

なお、「山河哀傷吟」「厳冬一夜吟」の一連は、ダム湖に沈む運命にある小河内村を思い、村の人々とその自然を思う熱い心によって成った正義感みなぎる大きな連作である。

【晩年】

昭和十年、白秋は主宰誌「多磨」を創刊し、〈新幽玄体〉を提唱してみずから実践しようとした。その実態は、短歌における一種の象徴主義運動であった。

牡丹花に車ひびかふ春ま昼風塵の中にわれも思はむ

物の葉やあそぶ蜆蝶（しじみ）はすずしくてみなあはれなり風に逸（そ）れゆく

虫の音の繁（しげ）かるかなとしろがねの箸そろへをり苑の秋ぐさ

「多磨」の歩みと共に、これら『橡』の作品が生み出されてゆく。私見によれば、〈新幽玄体〉を標榜した白秋の最終目標は、物の単なる描写ではなく、物と物との微妙な響き合いを直感的に感じ取り、そこに在る香気のようなものを作品の中に移すこと、であったと思う。

照る月の冷（ひえ）さだかなるあかり戸に眼は凝（こ）らしつつ盲（し）ひてゆくなり

ニコライ堂この夜揺りかへり鳴る鐘の大きあり小さきあり小さきあり大きあり
観音の千手の中に筆もたすみ手一つありき涙す我は
我が眼はや今はたとへば食甚に秒はつかなる月のごときか

壮年期の白秋はかなり丈夫な人であったが、五十代になってからはそれまでの無理がたたって必ずしも健康ではなくなり、晩年は病魔との闘いとなった。糖尿病や腎臓病の症状が進み、やがて視力が低下してゆく。そんな「薄明」の状況下で『黒檜』の歌が詠み継がれてゆく。視覚が不如意な分、かえって他の感覚が鋭さを増して、独特の冴えた〈ほそみ〉ともいうべき新境地を開拓している。

須賀川の牡丹の木のめでたきを炉にくべよちふ雪ふる夜半に
金色堂み雪ふりつむ鞘堂の内幽かにか黄金ひびらぐ
雲は垂り行遥けかる道のすゑ渾沌として物ひびくなし

最終歌集『牡丹の木』は最も歌数の少ない歌集だが、作品の完成度は高い。美を愛する心、浪漫主義的な感性、そういった詩的精神が最後まで脈々と白秋の中で生き続けていたことが改めて理解される。肉体の悲痛は、作品によっておのずから浄められている、と見えるのは私の錯覚であろうか。

白秋短歌の流れを全体的に眺めると、動から静へ、絢爛から枯淡へ、そして小から大へ、というふうに歌柄が変化しているように思う。そうして、変わることなく一貫しているのは、言葉のひびきの美しさ、言葉遣いのしなやかさである。現実の強い手ざわりという点では物足りない面があるかもしれないけれど、リアリズムは白秋の究極の目標ではなかった。自分の心を表わす言葉を少しでも〈音楽〉に近づけてゆく。それが歌人白秋の最も究めたかった目標ではなかったか、と私には思われる。

著者略歴

高野公彦（たかの　きみひこ）

昭和十六年（1941年）、愛媛県生まれ。東京教育大学国文科を卒業し、出版社（河出書房編集部）に勤務。のち青山学院女子短期大学国文科の教員となる。短歌は学生時代に作り始め、歌誌「コスモス」に入会、宮柊二に師事した。歌集『汽水の光』、歌論集『地球時計の瞑想』など著書多数。最新歌集は『無縫の海』。現在「コスモス」編集人。

北原白秋の百首　Kitahara Hakushu no Hyakushu　コスモス叢書第1138篇

著者　高野公彦　©Kimihiko Takano 2018

二〇一八年五月二五日　初版発行

発行人　山岡喜美子
発行所　ふらんす堂
〒一八二‐〇〇〇二　東京都調布市仙川町一‐一五‐三八‐二階
電話　〇三（三三二六）九〇六一
FAX　〇三（三三二六）六九一九
URL　http://furansudo.com/
E-mail　info@furansudo.com
振替　〇〇一七〇‐一‐一八四一七三
装幀　和兎
印刷所　三修紙工
製本所　三修紙工
定価　本体一七〇〇円＋税

ISBN978-4-7814-1065-4 C0095 ¥1700E